사랑에서부터

# 사랑에서부터

| | | | |
|---|---|---|---|
| **발행일** | 2024년 3월 29일 | | |
| **지은이** | 이승표 | | |
| **펴낸이** | 손형국 | | |
| **펴낸곳** | (주)북랩 | | |
| **편집인** | 선일영 | **편집** | 김은수, 배진용, 김다빈, 김부경 |
| **디자인** | 이현수, 김민하, 임진형, 안유경 | **제작** | 박기성, 구성우, 이창영, 배상진 |
| **마케팅** | 김회란, 박진관 | | |

출판등록  2004. 12. 1(제2012-000051호)
주소  서울특별시 금천구 가산디지털 1로 168, 우림라이온스밸리 B동 B113~115호, C동 B101호
홈페이지  www.book.co.kr
전화번호  (02)2026-5777                       팩스  (02)2026-5747

ISBN      979-11-7224-045-5 03810 (종이책)          979-11-7224-046-2 05810 (전자책)

---

**(주)북랩** 성공출판의 파트너

북랩 홈페이지와 패밀리 사이트에서 다양한 출판 솔루션을 만나 보세요!

**홈페이지** book.co.kr    •    **블로그** blog.naver.com/essaybook    •    **출판문의** book@book.co.kr

---

**작가 연락처 문의 ▶ ask.book.co.kr**

작가 연락처는 개인정보이므로 북랩에서 알려드릴 수 없습니다.

# 사랑에서부터

*From love*

이승표 시집

 북랩

사랑으로부터
잘 지내라는 말을 끝으로 우린 멀어졌다. 이별.
사랑으로부터 시작한 것은 비록 나의 마음과 너의
마음을 아프게 했지만 뒤돌아보면 그 과정은 내내
아프지만은 않았다. 문득 어떤 형태의 사랑들은 모
두 빛나는 추억이 될 거라는 너의 말이 생각난다.
사랑으로부터 시작한 것도 언젠가 별이 될까.

차
례

5          시인의 말

## 사랑

13          꽃

14          떡볶이집

16          사랑

18          와인

20          2시

21          겨울에 떠나요

23          솜사탕

24          해바라기

26          꽃 같은 사람아

| 28 | 비 |
| 30 | 눈 |
| 31 | 평범한 일상 속에 피어난 |
| 32 | 꽃 편지 |
| 34 | 장마 |
| 38 | 2021.12.01. |
| 40 | 2021.11.28. |
| 41 | 결국 |
| 42 | 사랑 시 |
| 43 | 눈사람 |
| 44 | 파도 |
| 46 | 피아노 |
| 48 | 민들레 |
| 50 | 사랑 시1 |
| 52 | 카페 |
| 54 | 겨울 편지 |

## ♭ 추억

| 59 | 추억 |
| 60 | 2022.10.21. |
| 61 | 향 |

62        2023.1.11.

63        별

64        2022.11.22.

65        꿈

66        자아성찰

68        제목없음

70        경청

71        다시

72        2021.11.29.

## B      삶

77        가을 일기

80        인생관

82        보고 싶은 사람들

83        내려두기

84        길

86        청춘

88        2022.9.25.

90        2021.11.29.

91        가족애

92        바다와 나무

# 이별

97            버스정류장

100          가을

101          Homeless

102          썰물

104          낡은 편지

106          옛 여름날

110          라일락 꽃말은 좋은 날의 추억

사
랑

# 꽃

당신 앞에는 새로운 사람이 되고 싶어요
봄이 와서 강아지와 아이들이
예쁜 꽃과 함께 웃으며 뛰어다니네요
생각보다 밝은색은 세상 곳곳에 숨어있으니
남은 생은 당신과 색을 찾으러 다니고 싶어요
화려함에 당신만의 색을 감추어봐도
내 눈에는 처음처럼 귀여워 보여서
예쁜 꽃 중에서 당신만 보고 싶어요

# 떡볶이집

네가 좋아하는 떡볶이집 벽지엔 누가 누구와 사귄다
는 장난스러운 문구가 적혀있었고 우린 그 문구를
보고 귀여울 때라며 웃었지 그렇게 이야기를 나누다
네가 웃었을 때 난 그 모습이 그렇게 예뻐 보이더라
우린 그렇게 작은 무언가에 감동을 받아 서로에게
웃음을 주는 사이였는데

# 사랑

귀를 기울여야 들을 수 있는 당신의 작은 말과
코오 하고 잠이 든 새벽이 돼서야
적을 수 있는 시와 사랑이 있어요

당신 앞에만 서면 바보가 되는 나는
사랑이라는 말을 입에 담으며
세상 앞에 차가워진 당신의 품을 안아요

# 와인

혹시라도 잠을 자다가 깼을 땐
나를 깨워도 돼요
여러 이유가 있겠지만 그중에서도
추운 것이 이유라면
나는 나의 이불도 당신께 내어줄 수 있어요


조명 컨 채 적은 글들은 대부분 달콤해지고


아름다운 당신 좋은 꿈을 꾸길
바라는 마음과 사랑 가득한 공기가
섞인 와인
오래 두어도 변하지 않아요


당신 앞에선 말이 많아져요
이 일도 사랑이라면
우리 이대로 있을까요

# 2시

네가 나를 바라볼 때는
나는 붉어져서 침묵 속에 몸을 녹이고

새벽에 보는 흑백 영화
주인공 뒤에 이름 모를 배우가 나와
좋아하는 이에게 꽃 한 송이 주고
잠깐 뒤를 돌아볼 때
순간 조용해진 새벽
그 침묵 속에서
우린 사랑을 볼까

사실 어제 적어놨던 시 더 있는데
나는 붉어져서 책만 읽겠지
이런 나를 네가 알까

# 겨울에 떠나요

먼저 가장 가까운 사골집에 강물 지나
새벽 인적 드문 벤치에 앉아 신호등을 바라볼까요
그 시간을 밟으면 새벽 3시입니다
하고 아픈 소리 내겠죠
다음날에는 전철을 탈까요
눈이 내린 창밖의 언어를 사진 찍기보다 눈으로
꼭꼭 씹으며 추억할게요

눈이 내린 거리 위에 또 한 번 눈이 올까요
사랑을 하다가도 사랑을 하는 마음에 꽃집에서
꽃을 한 송이 사다 주는 연인처럼요
한 번의 기적이 또 한 번. 영화 같게

설렘을 품은 마음 입가의 미소에 옮기고
내려 걸을까요
혼자 걷는 길이 외롭지 않게 눈 위를 걸으면 뽀드득
소리

자연은 늘 말 한마디 없이 옆에 있어주는 착한 친구
예요

자리뜨기 전에 시 한편 써볼까요
부족함을 채우려 읽은 작가님들의 책을 읽고
거울을 보면 부끄러워지니
시를 쓸 때는 책을 내려두고 거울만 볼까요
같은 모자란 문장 내려두고 창밖을 보면 저녁노을
가을 지나가도 나름 마음은 따뜻한 겨울 될 거예요

# 솜사탕

사랑한다는 말은 부끄러워서 못하니
좋아한다고 말할까요
아니면 뭐 같이 놀이공원이나 가자고 돌려 말할까요


봄에는 꽃이 핀 공원을 손을 잡고 걸을까요
걸음이 느린 당신을 위해
난 느린 걸음을 연습하고
당신이 좋아하는 음식을 혼자 먹어보며
어떤 표정을 지을지 연습했어요. 나 잘했죠


여름에는 봄에 나온 나의 시집을 들고
바다 보러 가요 우리
신발을 벗고 모래사장을 걷는
느낌을 당신은 좋아해요
그런 당신 내가 좋아하고

# 해바라기

나는 해바라기처럼
당신을 바라봐 주고 싶어요
오늘처럼 비가 오는 날엔
시집 한 권 사들고
당신이 자기 전에 읽어주고 싶어요
당신이 가고 싶어 하는 놀이공원에서
손을 잡고 두 눈을 뜨고 바이킹을 타고 싶어요
당신과 사랑을 시작하기 전에
기차역에서 산 꽃을 전해주고 싶어요
사랑이란 말로 당신의
가슴을 녹이고 싶어요

# 꽃 같은 사람아

사랑이라는 말은 너무 뻔하지만
그런 사랑 없는 삶 역시 너무 뻔해서
나는 그대를 바라만 보다
두 눈이 붉어졌나 봅니다

그대가 나의 앞에 있을 때
가지게 되는 나의 쉬운 마음이
그대가 가벼운 마음으로
문을 열고 들어와주길 바라는
나의 마음이 만나서
오늘 밤 얇은 이불과 나는
잠을 못 이루나 봅니다

나는 혼자 상상을 합니다
그대와 내가 입 맞추는 날
숲속의 사슴도 가던 길을 멈추고
잠시 물을 마실까 하는 그런
상상을 하곤 합니다
그럴 때면 거짓말 못하는 거울 속에
나의 얼굴은 붉어져만 갑니다

# 비

세상은 생각보다 아름다운 곳이에요
이유 없는 불안들은
그대를 잠 못 이루게 하겠지만
시간 지나면 다시 보고 싶은 영화 같을 거예요

그대 울음이 그치면
몰래 숨겨둔 꽃을 선물할게요
아쉬운
우리의 노래는 아직 간주 중인가요
마지막 순간에 남김없이 불타버려도
우리는 사랑을 부를 수 있을 거예요
밤마다 새긴 우리만의 글자들은
아마 모두 모여 한 권의 시집이 될 거예요

# 눈

아픔 슬픔 밤을 지새며 내게 이야기하던 고민들
모두 저 눈에 녹아내리면 좋겠어요

# 평범한 일상 속에 피어난

밤하늘 아래로 조용한 가로등 불빛

가만 보면 아무 말이 없는 것 같아도

제 할 일에 최선을 다하니 이리도 예쁘나

파도치는 곳에서 잠시 내려와

모랫바닥 밟다 보면

발바닥이 따가워도 편안하다

저렇게 묵묵히 빛을 내는 자연은

이렇게 나의 삶에 아름다운 색을

덧칠해 주는데

난 너희를 위해

해준 것도

해줄 것도

없는 텅 빈 사람이라

이렇게 자그마한 시라도 적고 가는 거야

마음속에 숨겨뒀던 말도 꺼내보면 예쁘니까

# 꽃 편지

시는 어제도 오늘도 어려웠는데
당신을 사랑하는 나의 마음이
이렇게 쉬워진 게 나는 놀라워요
당신은 예뻐요
봄에 피는 꽃처럼
비 온 뒤 무지개처럼

당신은 안갯속에
가려진 나의 길에
등불이 되어주고
나 어두운 길을
걸을 때 당신은
한 손엔 횃불을 다른 손은
나의 손을 잡아요
우린 친구가 되기도 해요

이름 없는
나의 시집을
읽고 나서
사랑스러운 문장은
주머니에 담아 가
슬픔 속에 눈물 흐르기
전에 펼쳐 주서요

# 장마

우리네 삶에 가끔 장마가 찾아와요
비가 많이 내릴 땐 우산을 준비 못 한 당신의
기분에 상처를 주고요
세상은 이리도 갑작스러운 비로 가득한 걸
알아도 피하지 못해요

매번 새로워질 시대의 수많은 말들에 휩쓸리지 않을
밤의 달 같은 굳은 신념과 꿈을 지켜야 하며
답은 늘 문제에 따라 사람에 따라 다르기에
삶의 모든 기준은 모자란 당신의 심장에 둬요
요즘엔 이런 바보 같은 말 말고는 말을 아껴요

울어도 좋으니

무너지지 않았으면 해요

지쳐 쓰러진 날엔 잠을 자고

다음 날 해가 뜨면 어제 꿨던

꿈을 마저 꾸길

이 말은 밤하늘의 별에 빌어요

2021.12.01.


쌓여가는 눈
먼저 내렸던
슬픔
절망
같은 어둠 위로
쌓여가는 눈은 이제
웃음
행복
같은 희망으로
쌓여갈 거예요 걱정 마요
강아지가 먼저 밟으면
발자국은 귀여운 강아지 발자국
좋아하는 이가 밟은 눈
괜히 나도 따라 걸어가 밟은 눈
창 밖에 눈이 내리면
이렇듯 세상에 이야기가 많아져요

눈이 내리면 나는 사랑을 하겠어요
이왕이면 이름없는 꽃을 사랑하겠어요

2021.11.28.

마음속에 있는
무거운 짐들은 전부 내려놓기로 해요

구름 하나 없는 텅 빈 하늘이어도
거짓말 없는 햇빛은 나를 비추고
하늘 위의 새들은 나를 위해 노래를 불러요

기다림과 고통은
꽃을 피우는 과정이니
무거운 짐들은 전부 내려놓기로 해요
아마 다음 주면 창밖에 눈이 내릴 거예요
눈사람을 만들며 추억을 쌓는 겨울이

# 결국

그대 너무 걱정 말아요
밝은 해가 높게 뜨는 아침에
어두웠던 밤은 사라질 거예요

# 사랑 시

하얀 눈들이 내려와요
손 잡고 이 길을 걸을 때
우리 마치 노래 같아요
저 사람들은 사랑을
보여주기 위해 찍나요
손 잡고 이 길을 걸을 때
우리 둘만 봄 같아요
불어오는 바람을 피해
나의 손을 잡아요
오, 찰칵 소리 하나 없이도
그대 영화 같아요
넘실대는 파도에도 휩쓸리지 않고
나의 눈에 다 담아 갈래요

# 눈사람

창문 밖에
뛰어놀던 아이들의
질문이 사라지고

도로 위에
바쁘게 달려가는 자동차들
모두 집에 가고
작은 불빛들만 춤을 추는 새벽

네가 나의 품에 안겨
작은 이야기들도 말해줄 때
세상에 우리 둘만 있는 거 같고

작은 발걸음도 없고
커다란 말도 없지만
아름다운 밤하늘의 별들은
너 같아

# 파도

오늘도 아침에는 빵 대신 시를 먹어요 그러다

조용한 섬에 모래 바닥을 걷기도 해요

조금 걷다 누워 원을 그리며 솟구치는

새들의 가벼운 비상을 바라보기도 해요

아름다운 순간에도 나는 사진을 찍지 않아요

새가 떠나지 않게 조용히 눈으로만 담아 가요

당신을 사랑하는 순간에도 사랑을 말하지 않고요

당신이 떠나지 않게 조용히 마음으로만 생각해요

문득 함께한 추억을 되새기고 싶은 새벽엔

당신의 품에 안겨서 입을 맞추고 사랑을 해요

새벽이 지나 아침 해가 밝아오면 당신과

한 번 더 조용한 섬에서 모래 바닥을 걸어요

아무도 없는 섬에는 파도 소리와 당신의 말소리만 들

려요

# 피아노

우리의 사랑은
시간 지나도 듣기 좋은
노래 같았으면 좋겠다
노래의 가사는
우리 있는 그대로 일상을
꾸밈없이 적어내리고
잠깐잠깐
들리는 피아노 소리는
늘 처음 우리처럼
설렜으면 좋겠다
마침내 우리 둘은
세상 하나뿐인
노래 같았으면 좋겠다

# 민들레

더 이상
상처받지 말아
민들레야
추운 바람에
사라질 듯 흔들리는
너의 뒤에서
자랑스러운 내가 서있을 테니
너는 하고 싶은 모든 것을 해
민들레야

# 사랑 시1

좋은 노래일수록 작게 들어야 해
네가 했던 말
높은 기분일수록 침착해야만 해
잠깐 스쳐 지난 생각
각자 다른 방향을 항해하는
수많은 배
무대 없이도
춤을 출수 있고
책상 없이도
시를 쓸 수 있을 거라
미소를 보이며 넌 말했고
아름다운 것들은
그 자리 그대로
내 마음을 따라
어제와 오늘의
색이 변했네
혼자가 되어야 볼 수 있는 별이

있기도 하고
사랑이 있어야 살아갈 수 있는
삶이 있어 우리는 노를 젓네
그럼에도 안개는 낄 텐데
애써 외면하지 않을 마음이 있기에
아마 닿을 수 있겠지 우린

# 카페

공원을 걷다가
조금 지치면 잠깐 들어가 볼까요
커피 향은 늘 마음을 차분하게 해줘요
쓴맛이 나더라도 우리가 하는 말은 달콤하게
접시에 담긴 치즈 케이크처럼

한 잔 마시며 아이 같은 말 숨겨두고
어른스럽게 당신 이야기를 들어요
사람 사는 이야기
아침에 이 옷을 입을까 저 옷을 입을까 고민 고민을
하다 저기 저 색의 옷을 골라서 행복한 마음으로
밖을 나섰는데 버스를 놓쳐 택시를 타는 바람에
기분이 살짝 내려갔다는 이야기

듣다 보면 살짝 튀어나와 보이는
오리 같은 당신 입도 참 귀여우셔요

그래요 그렇게

제자리걸음을 걷는 것 같아도

어제와 같이 오늘은 평범해도

숨은 그림 찾기 같은 삶

속에 숨겨진 의미들이 당신을 웃게 해줄 거예요

# 겨울 편지

그리고 당신께 못다 한 말이 있어요
당신의 삶에 어두운 새벽이 와도 걱정 말아요
어두운 날에 밤하늘의 별은 더욱 선명해져요
이 말은 차가운 겨울날 꼭 전해주고 싶었어요

추억

# 추억

보고 싶다. 해도 볼 수 없는 사람들도 있다.

그들을 떠올린다. 떠올리다 추억에 잠긴다.

확실히 내가 추억에 잠긴 것이다. 그 거대한 파도에

추억은 강하다. 미래의 꿈보다. 현재의 쾌락보다.

2022.10.21.

생각해보면 이 세상엔
붙잡고 싶어도 붙잡을 수 없는 일 투성이다
뭐 예를 들자면
어제. 오늘. 행복. 낭만이라 부르는 소중한 것
보내는 일은 세상 그 무엇보다 쉬운데
다시 돌아와 달라고 말할 기회 한 번조차 없는 일
그런 말과 사랑들

# 향

추구하는 것 꽁무니 쫓아가도 닿지 못할 사랑들이
어제를 돌아보면 자주 보이기도 했고

자신을 잃었을 때에도 잊지 말아야 할 꿈들과
사람들은 늘 내 곁에 있었다

또
가끔 누군가의 불안과 슬픔에 작은 꽃이 되었으면
하는 마음의 별들은
어느 계절에서 바라봐도 참 따뜻한 향을 선물해 줬다

2023.1.11.

  좋은 글은 어떤 글일까 하는 생각은 늘 머릿속 작은 부분을 차지한다. 끝없는 생각을 하고 뜬금없이 적어 보고 매일 같은 자세로 읽어봐도 알 수 없는 이 길은 빛이 없는 긴 터널 같다. 아니 뭐 이런 생각도 시간이 해결해 줄 거라는 혼잣말을 이불 삼아 덮고 자면 따뜻해지지 않을까.

# 별

가만히 누워 밤하늘에 떠있는 별을 멍하니 바라본다
별은 많은 이들로 하여금 뜨거운 무언가를 품게 한다

누군가는
사랑하는 사람을 떠올리고
누군가는
이루고 싶은 꿈을 떠올리고
누군가는
보고 싶은 가족을 추억한다

별은 말 한마디 없이
많은 이들에게 아름다움을 선물하고
그 모습들은 꼭 나의 꿈과 닮아있다

2022.11.22.


꿈을 이뤘다고 할까요 아니 사실 그런 건 없겠죠
원하는 모든 것을 가졌다고 해도 삶이 끝나는 것은
아니니까요 그럼 그 이후에는 어떤 생각을 가지고 살아
야 좋은 걸까요 끝내 사랑일 텐데 나는 뭔 말이 그리
많았을까요


지나갔으면 좋겠다 하는 순간들이 참 많은데
다 지나가고 나서의 시간은 돌아갔으면 좋겠다
하는 시간으로 그 시간을 쓰게 되는 거예요 참 슬프죠


붙잡을 수도 안아 줄 수도 없는 게 꼭 사랑을 닮았
기에

# 꿈

꿈같다 분명 여느 때와 다름없는 색 없는 날이었는데
그 많은 오늘들이 어제가 되면 자주 보고 싶어진다
지나고 나면 꿈같다 몽롱하고 아름다웠다는 기억만
남고 두 손으로 발버둥 쳐도 잡을 수 없어 괴롭다고
누군가한테 백날 이야기해 봐야 내가 어젤 잊어버려
목적 없이 떠도는 보트 위에 몸을 맡기고 있다 에휴

# 자아성찰

생각해 보면 그런 고민도 했었는데
이제 내가 내 친구의 이런 고민을
들어주고 있다
매우 작게 느껴지는 그 무언가는
분명 큰 존재였던 것 같은데
지금 와 생각해 보면 아무것도 아니었다

이 문장을 적고는 사실 뜨끔했다

나라는 존재도 나 자신이 생각하기에
큰 존재라지만 이 광활한 우주 앞에서 사실
강아지 꼬리보다 작은 존재 아닌가

# 제목없음

뭘 그렇게 많이 가지려 했을까. 그것이 타인의 마음
이든. 여러 색의 옷이든. 화려한 문장이든. 단색의 옷
과 가벼운 시계 구두만 신고서도 다정한 말을 건넬 수
있고 멋진 사람들의 책을 읽을 수 있는데

이것이 내 것인지 타인의 것인지 모를 것들도 마음에
들어와 있어서 어디로 가나 가만히 바라보니 자연스럽
게 나의 삶에 소리 하나 없이 스며들고 있었고 나는 말
없이 몇 달을 또 바라보며

가끔 버리고 정리하고 생각할 때가 필요하다
그런 날이 오늘인가
난 버리고 버렸다
나름 시원해도 지난날에 대한 정에 눈길 한 번 안주는
마음이 계절처럼 너무 쌀쌀했나 싶기도 해서
한 번 돌아보고 다시 앞을 바라보고 걷는 걸음

그렇게 생각이 변할 때 말이 변하고 끝내 삶이 변하
겠지 하며

# 경청

가만히 앉아 당신이 하는 말을 듣습니다
듣다가 추운 바람에 살짝 떠는 입을 보고
낡은 가방에서 핫팩을 꺼내
당신의 손에 쥐여줍니다
사소하고 소소한 챙김이
원래 나의 취미입니다
준비한 말을 건넵니다
세상 부끄러운 준비입니다

# 다시

가만히 앉아 당신이 하는 말을 듣습니다
어미에게 하루 있었던 일을 야기하는 아기 새 같은
당신의 귀여움은 숨기려야 숨길 수가 없나 봅니다
잠깐 드는 생각은 머릿속 작은 공간에 둔 채

너 참 많이 변했다는 당신의 말을 듣습니다
변한 거라고는
읽는 책의 권수와 적는 시의 수 말고 없는
저는 말을 아끼고 당신이 하는 말을 듣습니다

젊은 날의 새벽. 우리 손을 잡고 춤을 출까요
시집 위에 써내린 문장은 작은 빈칸에 둔 채

2021.11.29.

오늘 같이 시간이 짧게 느껴지는 날에는
어제 내 곁을 떠난 태양이 보고 싶기도 해요
잠자리에 들기 전 눈을 감고 있으면
여러 생각과 고민들이 서로를 신기하게 바라봐요
하늘을 바라보면 보이는 구름에 감동하던
어릴 적 나는 공감하지 못할 생각과 고민들일 거예요

벚꽃 축제가 열리면
아이들은 손을 잡고
들판 위를 뛰어다니고
어른들은 그런 아이들이 웃을 때
필름 카메라로 봄을 찍을 거예요

아이들은 어른들이 부럽고
어른들은 아이들을 부러워해요

오늘은 살지 못하는

우리들의 마음은 모두 같은 걸요

삶

# 가을 일기

봄과 여름 같은 날들엔
빛이 견뎌온 어둠에 대해
생각하지 못했다
멀리 떨어져 있는
모든 것을 직접 경험해 보기 전에는
말이 많은 것처럼

누구보다 노력하고 피 흘려서
얻어낸 사람의 한 쪽 면만 보고
쉽게 얻어낸 것이라 말하는 것은 쉽고
같은 사람이지만 그들처럼
이뤄내는 것은 어려운 일이다

시대는 이제 정답이 없는 놀이터를 개장했지만
위인들께서 이어오신 가치를 외면할 수 없다
그 본질을 잃는다면 탑은 무너지리라 여기는 나의
새벽

창밖에선 선선한 가을바람이 춤을 춘다

# 인생관

메마른 땅에 씨앗을 심는다
매일 물을 주고 사랑을 준다
자연재해 같은 일로
나의 땅이 황무지가 된 날의
다음날에도
메마른 땅에 씨앗을 심는다

몇 년이 걸릴지도 모른다
그럼에도 하루에 한 걸음을
걷는 것에 최선을 다한다

가끔 휘몰아치는 파도
거세게 부는 폭풍은
긴 삶의 여정에 있어서
작은 점도 되지 못해 먼지로 남을
추억일 뿐이다

시대가 말하는 성공의 기준을
따라가지 않는다
나는 그저 매일 이 메마른 땅에 씨앗을 심을 뿐

## 보고 싶은 사람들

내 동네 할머니 할아버지분들이
밤하늘의 별이 되셨을 때

난 눈물을 흘리기보다
그분들을 조명 삼아 적어내고
왜 나의 추억들의 시를 위해
연필심을 더 깎았나

나를 떠난 모든 이들
오늘따라 보고 싶어

난 엉엉하고 울어

# 내려두기

힘을 빼는 것
나 같은 사람에게는 늘 힘든 일이다
시를 쓸 때도 뭐 그렇게 말이 많은지 주저리주저리
참 난잡하게도 썼는데

시간이 지나 그걸 보고 있자니
사고를 치고 온 아들이 이해가 되진 않지만
하나뿐인 아들이니 사랑하는 아버지의
마음을 알 것만 같다

이 젊음이 바람 실려 다 지나가 봐야 힘이 빠지려나

유일하게 힘을 뺄 때가 잠을 잘 때인데
그 애는 어떻게 살고 있나 하는 생각에
오늘은 영 잠도 안 온다
새벽 다 돼서야 내려둘 일들이
별처럼 수두룩하니

# 길

대중화는 늘 달콤하지만
세상 모든 예술을 똑같게 만들었네
그건 우리의 처음이 아니기에
아침이면 처음으로 돌아가야 해

흙 속의 작은 먼지로 돌아갈 때를 생각하며
옳고 그름의 답을 선택 못한 어제를 용서한 뒤
화폐로 환전하지 못할 순간을 젊음에 칠한 그림
아무도 없는 눈이 온 거리 발자국은 처음과 같게

# 청춘

봄에 피어난 민들레처럼
푸른 나의 젊음이여
깨어나라

뜨거운 여름 잊게 하는 차디찬 바다처럼
자유로운 나의 문장들이여
홀로 쓰러진 외로운
수많은 외딴섬에
파도를 일으켜 다시금 살아가게 하거라

죽을 만큼 힘든 일들이
지나쳐가도
아직 죽지 않았다면
생을 살며 하지 못할 일은 또 무엇인가

이렇듯

나의 친구들과

나의 가족들을 위한

나의 시들은

내가 사랑하는

이 모든 이들의 가슴속에

평생토록 춤을 출 것이고


영원하지 않은 청춘이라는 한 권의 시집에

나의 이름 석자 남기겠다고 굳게 다짐한

오늘날 나의 겨울. 나의 새벽은

한여름의 낮처럼 뜨겁게 불타오르리라

## 2022.9.25.

잠깐 하고 말 것이라 여기는 마음과
평생토록 할 일이라 여기는 마음은
하늘과 땅의 차이 같다
빛만 보며 달리는 것보다
땅에 묻힐 때에 한 점의
후회가 없을 삶을 산다는 신념은
앞의 말들과 비슷한 말로 읽힌다

삶은 어렵고 문제는 늘 생기지만
그것이 없다면 숨을 쉬어도
숨을 쉬는 것이 아니라 여기며
스쳐 지나가는 모든 순간들과
사람들에게 늘 같은 크기의
사랑과 감사를 표해야 한다

젊은 날에는 쉽게 기분이 높아진다
모든 것이 처음 경험하는 것이기에
그럼에도
지켜야 할 것이 있다고 생각한다
우리 모두 자연 앞에선
한없이 작은 존재이기에

2021.11.29.

반딧불이 같은 우리들의 모습
무엇을 위해 살아가는 걸까
라는 질문보다
정해진 무언가를 외우기 바빠
빛나는 무언가는 환상일 뿐이야
사랑하는 시간은 잠깐일 뿐이야
사랑해야 하는 것보다
이별해야 하는 것이 더 많아지면
우린 어른이 되는 걸까
밝게만 빛나 예뻐 보이던
서울의 높은 산에서 바라보는 불빛들은
누군가의 고생이 만들어내는 빛이라는 걸 알아
이제 와서 내가 뒷걸음쳐도 시간은 앞을 보며 걷고
나는 가끔 이게 조금 슬픈 거야

# 가족애

어린 마음에 아버지는 어릴 적 꿈이 뭐였냐는 질문
아버지는 대답 대신 가벼운 미소를 띠셨네
삶을 돌이켜 생각해 보면 많이 생각하게 돼
자녀가 태어난 뒤로 부모의 꿈은 자녀가 되며
어색한 침묵 속에서도 사랑의 꽃은 피고
내가 어떤 모습이든지 늘 처음처럼 나를
사랑하는 사람이 나의 곁에도 있었네

# 바다와 나무

적어내린 삶의 이야기들은
내일 아침이 되면
모두 부끄러워지겠지만
조금 귀엽기도 할거야

보고 싶은 친구들과
그을려진 노을 불빛
여러 색의 물감 같은
친구들의 이야기가

늦은 밤
문득 적은 문장들과
이른 새벽
길을 잃고 함께 춤을 췄네

너무 쉽게 자신을 숨기며
타인과 비교하지 않았으면 해
걷다 보면 나만의 발자국 모양이 보이고
바다는 바다대로 나무는 나무대로
존재의 이유가 있을 테니까

이별

# 버스정류장

너는 내게 물었지
꿈이 사람보다 클 수 있는 거냐고
나는 대답 대신 옮겼어
도시로 향하는 버스정류장 앞으로

꿈이란 건 의심과 두려움
나이만큼 어렸던 나의 생각과 달리
말이 많고 재밌는 아이였고
그땐 눈앞의 길이 뿌옇게 안개가 껴서
달리지 않으면 보이는 게 없을까 봐 그랬나

다시 생각해 보면 영화 같은 순간들도 많았는데
나와 함께하는 시간은 멈췄으면 좋겠다던 너였는데
그때의 꿈의 크기만큼 오늘의 내가 서있으니까
난 행복해야 해서 웃고 있는데 가끔 추억에 빠지니까

사랑은 계산 없이 단순할 때가 귀여운 건데

난 그런 시간을 거울만 보고 지나와버렸네

너는 나와 함께하면서도

지금의 나처럼 늘 혼자였을 거야

외로움을 말하며 이별을 이야기한 너의 손을

잡지 못했던 건 나의 마지막 예의였던 거고

우리 사랑은 이제 멀리서 봐야 아름다운 별 같은 거야

# 가을

각자의 색은 계절처럼 자주 바뀌어도 우리가 나눴던
사랑은 늘 그 자리에 따뜻한 색으로 남아있을거야
나는 네가 그 색을 잊지 않길 바라
아침저녁으로 쌀쌀해진 날에는 나에 대한 생각보다
너에 대한 생각을 자주 하게 되는 게
바뀐 계절 때문인지 너 때문인지 조금 헷갈려도

# Homeless

너에게 난 그저 사탕 껍질 찌질한 존재 쓰다만
휴지 같은 존재 바보 같은 사람 옆의 사람
아무렇지 않게 뒤돌아서면 잊어버리는 먼지

넌 모르겠다는 식으로 말하곤 문을 퍽 차고
나가고 난 다시 차가운 방에 혼자 앉아 있어
너를 붙잡으려 했지만 넌 그런 나를 그냥
두고 도시를 향하는 앞만 보는 버스를 탔고
나는 이런 멍청한 일기만 쓰며 살아가니까

우리 처음부터 모르는 사이였으면 어땠을까
대답 없는 질문에 아무도 없던 거리
늘 난 주위 눈치를 봤고
사람 사는 아파트 너의 손을 버렸네

## 썰물

어두운 새벽이 오면
하얀 눈이 온 거리를 생각하거나
여름날의 잔잔한
새벽 같은 침묵을 해줘요
가끔 이 삶은 영화 같기에

그럼에도 시간은 흘러갈 테니
당신을 사랑하는 방법과 함께
당신을 씻어내는 방법을 배워 놓을까요

나는 미리 한걸음 앞서 걷는
사람이 되고 싶어요
미리 슬퍼하고 아파하고 취하는
사람의 눈물은 메말라 있겠죠

사랑했습니다.

사와 꽃 한 송이 새상에

남겨둔 채

멀리 떠나는 배를 타겠죠

# 낡은 편지

빛나는 것들은 더 빛나는 것들에 눈처럼 덮여지고
남은 것들은 어제 꿨던 꿈 혹은 해봤던 사랑일 테고

그래 아름답고 사랑스러운 시 같았던
너와 나의 사랑도 한 장의 추억으로 남아지겠지

나는 너를 사랑했고
문득 허락 없이 또 너를 사랑하겠지

## 옛 여름날

오늘 너무 덥다. 참다가 뱉은 말이었다
그날은 더운 날의 여름이었으니
너는 말했다. 이 순간을 겨울이라고 생각해 봐
각자 다르게 의미가 있는 거야. 그 찰나의 순간

돌이켜 보면 넌 매 순간을 사랑할 줄 아는
사람이었다

어두운 하늘에 별이 뜬 날
별을 가리키며
아름답지 않느냐고 말하고
집에 돌아오는 길 가로등 밑에 누워
시를 쓰는 바보 같은 사람과 달리

우리가 우리일 때 아름다웠듯

너는 너고 나는 나일 때도

아름다울 수 있을까

가을을 기다리는 여름날의

빗소리는 늘 말이 없이 내린다

귀 기울여 들어보면

작은 슬픔 섞인 추억이 들린다

## 라일락 꽃말은 좋은 날의 추억

그대 손을 잡고서
소리 없이 떠났던
그때 그 기차소리

청춘의 한가운데서
춤을 췄던 우리의
뜨거운 여름낮
오늘날 어제와
다른 꿈속에서
당신을 잊어가지만

한여름 밤의 꿈은
멀리서 지켜만 봐도
아름다운 별 같아서
나 마음속에 남겨둘게요